TTS新書

いにしえからの素描

第3集

金 田 一 美

東京図書出版

まえがき

ころころとボールが転がっていくよ……
坂道を転がっていくよ……
ころころと……ころころと
球であればいいんだよ
大きいものも、小さいものも変わりはしない
自然を見てごらん……
雨だって丸い……丸で落ちてくる
四角い雨を見たことがある……
落ちて……反射しても丸いんだ
不思議に思わない
夏の草の上の露……丸いだろう
寒くなってくれば露の宝石を生むんだ

水分の塊が丸いんだ
滝つぼに落ちる……水しぶき
放射線状に丸く散らばっていく
苔に落ちても丸くなっている
……
子どもたちの遊ぶ……ボールの多いこと
遊ぶことによって様々だ
運動会の玉入れがあるよ
玉を……かごに入れるんだ
入らずに地に落ちた……動かない
これ……ボールなの……何なの
太鼓も丸い……
風船も上空高くなれば……丸くなるの
ビー玉を皿の上で転がしながら……
手首を上下に動かしている

柔軟性がなければ動かせないの……

（作品1201号）

雨に打たれる度に深呼吸……
大きな息をする
新しい息吹が芽生え
……小さな吐息が揺れる
生命が宿ってくる時なんだ
喜びを表そう
雨に向かって表現するぞ……
どんな風雨にも負けたくない
……少しだけ生きたい
実感する時だ
根から栄養がくる
どんどんきてほしい
小さな芽が……大声で叫ぶ

叫び声が大きくなる季節だ
新芽が伸びるよ！　どんなに隠れた小さな芽も目覚めさせてくれる……
春の雨。温もりに敏感に反応する……それが新芽なんだ。土壌の中のど
の根も気付くだろう、気付かなければ死んでしまう。生きるには土壌の
新芽がいる。捨てるものを吐き出さなければ……

（作品１２０２号）

春の雨になったよ
憂鬱な一日の始まりなんだ
真夜中から降りしきる
朝になっても止まない
どんどんと降ってくる……雨……春の雨
一時止んで

霧雨に変化したぞ
心の憂鬱さ……晴れないよ
少しだけ寒くなったよ
急にどしゃ降りの雨になったよ
憂鬱な心の雨……どこに流れるのだろうか
足元が濡れてくるよ！　雨は、どんな雨にもかかわらず足元を濡らしてくる。考える足も、雨が通り過ぎなければ、自由な発想はやってこない。あなたが、あなたの心の自由を束縛してどうするんだ。憂鬱な心……どこへ行くの。足元のその一路を見ろよ……

（作品１２０３号）

自然のせめぎ合いになった
容赦しないのだ

雨が、風が、春雷が
凄まじいものになって
春の嵐を生む
どうして……もぎ取られるの
狂ったように舞う花びら
生きる命があるのに
どうして……散り散りにされるの
自然の激しさに……悲しみ
元に戻ることができないのです
救えないのだよ！　自然の闘いは傍観するしかない。過ぎ去るのを耐えるしかない。耐えることができなければ、なす術もなく終わってしまう。
わずか一日の命に終わることだってある。自己の主体性を失いたくない
と言っているが……どこに置いてきたの

（作品１２０４号）

花びらが散っていくよ
昨日咲いたばかりなのに
散り際がいいなぁ……
見事なまでのランデブー
地に落ち……踏みしだかれ
川に浮かび……沈み行く
集団で散っていくなんて
侘しいなぁ……
個性も生かされぬまま
なす術もなく死ぬなんて
大いなる疑問がわいてくるけれど……
いさぎよい美しさ……なぜなんだ
桜の花びらよ！　雨にも負け、風にも負け……可憐に舞う姿はどの花よりも勝っている。引っ張ろうが引っ張られようが、それに専念すれば素晴らしさを発揮できる。鮮やかに踊り、散っていくんだ。不思議だなぁ……ふっと浮かび、ふっと消えるんだ

（作品１２０５号）

転々とした大地に
黄色した小さな波が揺らぎ
菜の花のエネルギーが鮮明だ
寒さからの脱却……
春の嵐を吸収し
一雨ごとの温もりが
自然にみなぎる勇気をくれる
恵まれた時なんだ

見る人を拒まない
美しい黄色した姿が続くのだ
大地に支えられた心根があるのさ
黄色した鮮やかさよ！　どの花も長く生きるのに執着心が旺盛だ。生きるとは……本当に大事なことなんだ。太陽からの有り難いエネルギーを頂くから、生きることが二倍にも三倍にもなるのさ。……個性があり、豊かさがあり無心に花を咲かせることさ

（作品1206号）

ぼんやりとした……朝の世界
目覚めの悪い顔
気付けば小さな雨が霧になって
だんだんと見えなくなり消え去った

澄みきった……春の朝をくれた
まだ、まだ眠たそうな頭の中に
朦朧とした脳があるのです
知らないで起き出し
目だけは……
異様なまでに輝いている
人に知られるのが……恐ろしい
こんな自分の朝の世界
こんな姿で、今日も一歩を踏み出すの……
幻覚があるよ！　生きることに執着があるのだ。他人には言えず……耐え、苦しんで、嘆いている。桜の舞い散る姿がうらやましい、どうしたらできる。生きる欲望も多く、己の自覚、心の安定を得ることの難しさがある。知性だけでは……道が歩めないのだ

（作品1207号）

小学校の卒業
何を……終えたのだろうか
中学校の卒業
何を……自覚したのだろうか
卒業……何を卒業するの
喜んでいいのだろうか
一つの区切りとして習っただけだろう
生きるほどに……
区切りの期間が長くなり
学ぶほどに……卒業がないのだ
忘れ去られてる……生身なんだよ人々は
卒業したんだよ！　子どもの発達は皆が同じではない。遅い子も早い子も、その環境で違いがあるだろう。同じ物差しで測るなんてできない……高低差があって然りだろう。知能をどのように生かすかが大切なんだ。生まれたものはどこかで満開になるんだ……

（作品1208号）

学ぶほどに
どんどんと増えてくる……知識だ
詰め込めば……詰め込むほどに
頭でっかちになってくる
不思議で仕方がないのだ
……卒業できるの……
白を黒と言い
黒を白と言う
反対もあり、賛成もある

一瞬にして変わる……心の変化
煩悩と共に生きている
生きるということには落第がない……卒業なんだ
四月の風よ！　一年に一回はやってくる、四月の風。強風もあれば、微風もあり、無風になったり様々だ。学ぶという風……影のようで追いかけてくる。卒業という名で、学ばなければならない精神を置き忘れ。学ぶのは学校だけではないよ。死すまでだよ……

（作品１２０９号）
嫌だなぁ……嫌だ!!
……黒い火山灰
風に吹かれてやってくる
白いシャツも真っ黒になり

……手に負えないの
大声を発し、容赦なく……
腹の中のガスを大地に放出
お構いなしなんだ
終わりがないの
大きく息を止めた……化け物
今朝も活発になってきたぞ
火山灰が降ってきたよ！　山が爆発したぞ……小規模な爆発。黒い噴煙
を上げている。山が生きている証しをただ静観しているだけ。自然が
持っている才能や能力を知らなすぎる。山は山で、鳥は鳥で、花は花で
自分らしく信じて自分の心を磨いている

（作品1210号）

黄金色する稲田だけど
今……休耕田になり
睡眠状態になったよ
日本人が米を食べない……
予想もしなかった……現実社会があるのさ
老いも若きも、米を喜ばず
三度三度、米を食べない
不思議な食生活だ
美容のために食べない
健康のためにカロリーを考える
女性の人に多い出来事
主食をお米でという……願いもむなしい
休んでいる稲田よ！　一度決めたルールを改正しようとしない。人が苦しい時でもそれを崩さない、不思議なルール。休んでいる稲田を耕す……稲田にとってはありがたい。柔軟に対応して、狭い大地をより豊かに活用する。いきいきしてくるんだ、明日が……

（作品１２１１号）

多いなぁ……聞きなれない話し言葉が
若い女性の声が耳に響く
だけど……覚えられない
早口だから余計わからない
何を話しているのだろうか
問いかけもできず
歓迎したいけれど……無言のまま
ただ……黙り込み……

店の奥に引っ込んだ
なす術もなく、見送るだけ
小さな町が海を越えているんだ
わからない言葉よ！　隣国からの観光客の人々が騒いでる。里の人は浮かぬ顔でいるよ。意味するのは何……。わかってもわからなくても商売だけが繁盛する。不思議な光景を見る。心のある言葉を発する……むずかしい。真心は一方通行ではダメなんだ

（作品1212号）

さらさらと……さらさらと
面白そうに流れる、高原の風
ふわふわと……ふわふわと
楽しそうに鎮座する、白い雲

新しき草の香りに吸い寄せられてきた
生まれたばかりの蝶たち
芽生えたばかりの若い芽に向かって
どんどんと挑戦してくる
踊る姿がうらやましい
日ごとに成長して楽しそう
自然に誘われ……大いに発散しよう
緑なす高原の草よ！　温かくなればさわやかな風が緑なす草原を見事に
演出する。心の隙間に癒やしを与える。それが今なんだ……今しかない
の。若いから柔軟性に富んでおり艶のある自分を放出できる。寒くなれ
ば芯だけが強くなり……老化をたどるんだ

（作品1213号）

寒さに耐えている
小さな蕾が
この寒さを乗り越えなければ
……春はやってこない
雪にも、雨にも、木枯らしにも耐えて
僅かだが膨らみを感じるの
通りすがりでは気付かない
それでいい……自分は自分
急がず、慌てず
時期が来るのを待つのです
自分の春は自分でつかむのだ
なぜ……耐えられるかって
貴い香りを漂わせたいから

白い梅の花だよ！　一番に喜ぶのは誰だろう……苦労している青春の人々だけではないよ。健康でない人々が一番に喜ぶのかもしれない。そう……苦しさに耐え、それを乗り越え、自分の世界を作る。……心だよ。白い花に光るものがあるだろう。一つでいい……

（作品1214号）

四季の始まりは……いつから
どこから始まり……どこで終わるの
梅雨が来たのに、気付かない
台風が吹いても、無表情
蒸し暑さに、苛立ちの姿がある
太陽へのあいさつ……「おはよう」
遅い時間だろうが、早い時間だろうが

太陽の動きで始まるのさ
四季の始まり……わからないんだ
その時々で変化する
尻切れトンボのようなものだ
太陽の始めを知らなければ
始まりを知ろうよ！　風はどこから吹いてくるの……わからないよ。気付けばどこかで必ず吹いている。不思議に思わないことが不思議なんだ。自然のそのままの姿を見れば、静寂さや、息抜きがあり憧憬もする。一つのことに関心を持とう……面白いだろう

（作品１２１５号）

眠気の欲望がやってきた
時と場所を選びはしない

自由にやってくる
どんなに目を開けても
どんなに目をこすっても
頭を……横に振っても、回転しても
この欲望を止められない
うとうととなり……ぐらつくんだ
倒れるぞ……
椅子に座ったままの姿なんだ
なんと、愛らしい欲望なんだ
目を開ける苦しさよ！　どんなに耐えても……耐えられない。連絡しても伝わりはしない。自然に体調が環境に合わせてやってくれる。不思議な現象で、なんと一休みが必要だ。……お茶を一服どうぞ。子どもにはわからない……摩訶不思議な欲望

（作品1216号）

じっと動かない……真上の星
どのように燃える星なんだろうか
ここまで来て……こんなに輝き
想像もできない輝きだ
遠い宇宙の果てから
この輝き……いつ生まれたの
人が生まれる以前だよ
長い……長い時が経つんだ
宇宙ってそんなに奥が深いんだ
人が見るのは、平面的な奥
だから……宇宙に夢があるんだ
夢がなければダメだよ！　文明社会がだんだんと夢を失くしてしまう。
夢をくれるのは、途方もない広い宇宙なんだ。自然は語りかけてはくれ

ない……無言の対話なんだ。現代人は立ち止まる時間を失くした……急ぎすぎるんだ。一生は走っても同じなんだ

（作品1217号）

霧の中に浮かんでくる
緑なす茶畑
山間の渓谷に
香ばしい茶の匂いがある
ふっくらとした若い芽が呼んでいる
これから……美味しい一番茶になる
ほら……見てごらん
手で触れてごらん……このみずみずしさ
選り抜かれた新芽たち

霧の深い里から誕生する
上手なもみ手にもまれて……
手触りが……茶の気持ちなんだ
霧の中で生まれたよ！　私はどこから生まれたのだろう……振り返って
みたことがない。この山里にはどの家にも、手作業で製造される自家製
のお茶。人々の団欒に、一休みの休憩に親しまれる。この山里を救って
いる……自然と農夫が共に信頼関係にあるんだ

（作品1218号）
初夏の空を見上げている
オモチャのラッパのような……ユリの花
暑いだろうなぁ……
直射日光も苦にならないほど

一途に咲いている
赤色も、黄色も、紫色も、オレンジ色も
どの花、見ても元気なんだ
手加減しなくてもこれ以上出来ないぞ
自分の価値……今しかないの……戯れにおいで
飛んでくる蜂を蜜が呼んでいる
ユリの花よ！　おばあちゃんが手塩にかけて育ててくれた。だから、自分を精一杯披露するんだ。切られてもいいじゃない……花瓶の中で満開になればそれでいい。一生懸命に育ててくれた恩返しなんだ。生かしてくれてありがとう……究め尽くすことなんだ

（作品1219号）

今年は豊作、それとも不作

黄ばんでくるミカンたち
台風の被害どうだった
夏は……猛暑が続き
涼しい日々が少ないよ
だけど……甘い味がする
味に変化はないようだ
これから……どれだけ生きられる
人手不足は……深刻化
多様化する……柑橘類に
自然災害が……多発し加速する
隣のミカン畑はそのままだ
……手を貸す人がいないのです
黄ばんだミカンよ！　人の好みも多種多様、味にも変化が起きてきた。
この味を好きな人も多いけど、味と味のふれあいで食べなくなった。激
しい競争があり、知名度だけではダメなんだ。わがままが言えない時

……奥深さのある一味が好まれる

（作品1220号）

袋一杯の青いミカン……
酸っぱいミカンを連想し
疑わない先入観がある
黄色のミカンは……甘いんだ
そうさせる……心がある
青いミカンが甘ければ……
どう対応するのだろうか……心は
……ミカンと違うと思うのだ
その前に……食べてごらん
頭の中が真っ白くなるだろう

美味しさを選んでほしいよ！　恐ろしいのだよ……先入観というのは。食べる前から決め付けている。常識の世界に生きてきた青いミカンの努力を知らない。食べる人に一つの味の提供をしていると思えばいい。甘いも、酸っぱいも同じミカン……選んでもらおう

（作品1221号）

小さな緑の実として誕生だ
どのような生長をするのだろう
熟するまでの時間は……長い
真夏の暑さがあり
秋の暴風雨があり
小鳥からの襲撃も
それに……害虫が棲みつくんだ

外からの攻撃だろうね
それを……幸福と思えばなんでもないさ
今は小さな実
甘味が出るほどに黄色くなるのさ
黄色した顔よ！　緑なす実がみずみずしさを与えてくれる。大きな葉に抱かれて守られている。幼子の顔なんだ。自分が健康に生き、育つことが隣の実にも勇気を与えられそうだ。共に生長し、共に熟する。与えられた環境で自己は自己の生命を生きることなんだ

(作品1222号)

どんどんと……どんどんと
天から落ちてくる
小さな粒が……大きな粒になって

ビー玉のような雨になって
心をたたき、大地をたたく
雨の中で鳴りだした
小さな音のハーモニーも
大きな音のドラムに変わった
妄想ではないんだ
現実に降っている
心のメロディーが止まらない……
急激に降る雨よ！　雨のエネルギーはすごさを増してくる。小さな雨が
大粒の雨に急激に変身する……スピードがあり、情緒を失くした雨に
なった。天からの恵みの雨も喜ばれぬ……内なる自然の声も生かせぬま
まに。青天の霹靂の雨の出現を生むんだ

（作品1223号）

自然が自然に被害を与える
降り出した雨は……大雨だ
冬であれば……大雪だ
自然からの使者として
四季折々に
生き物に恵みを与えてくれる
それが……雨であり、雪なんだ
自然を喜ばせてくれた
もう……メッセージも終わりなんだろうか
自然からの逆襲……
地球が地球でないようだ
なす術もなく
ただ……天を見上げるだけなんだ

今年もやってくるよ！　時期が来れば必ずやってくる……自然の恐怖。
忘れた頃に現れるんだ。人の力では食い止めることはできない……存在
感がある。自然が本能をむき出しに襲い掛かる。無の常態から実存する
常態を生み、自然と共に生きる物として

（作品１２２４号）

山の盆地のいたずらもあるんだ
……雨上がりに発生する
雲の境界線……
珍しい雲を浮かばせて
朝焼けの雲かなぁ……この赤い雲
その下の雲は暗いんだ
自然が二重構造の明暗を作り

演出しているよ
二つの魂……あなた気付いた
朝寝坊には見せないぞ
自然が生み出す夢よ！　楽しい夢、それとも嫌な夢だったの。夢は……
憶えていても時間が経てば忘れてしまう。やり直しのきかない、取り返
しのつかない一回きりの現実の夢を演出し楽しい山の夢を作ってくれた。
嫌なことや己の過ちは忘れてはいけない

（作品1225号）

この席に長くいてもいいのかなぁ
空席がなくなってくるのだよ
のんびりとする人はいない
サラリーマンのわずかなモーニングタイム

新聞とスマホを見
共働きの昨日の会話
化粧が気になる……女子社員
やってきたママさんはゆったりだ
都会に目覚める……下駄の音
隣の老人たち……癒やしの時間だろうか
空席が少なくなってくるよ！　都会では朝の通勤時間の混雑は激しい。足早にホームにかけていく。無言で、無口な毎日の生活なんだ。モーニングを食べる隣人を見ても顔見知りは誰もいない。お化粧をしたり、夫婦の会話も短い。自分のことに集中だ……

（作品１２２６号）
私鉄とＪＲが交差し行き交う駅なんだ

照明が明るく、通りに活気があるなぁ……
若者が歩く姿も陽気だ
歩いている……子どもが走り出し
面白そうに追っかける
母と子の夕暮れ時なんだ
寂しそうな曲がり角……
シャッターが閉まったままの店もあり
活気がなくなった
足取りが重たい無言の婦人たち
静かに……手を振り別れたよ
荷物を背負っているよ！　街は平穏無事のようで一瞬たりとも同じもの
はない。人の幸福はどうだろう……何が不幸で何が幸福かわからない。
己の心に小さな幸福を見つけた……だけど上衣の裏に宝石が縫い付けて
あることに気付かないでいるんだ。若者も多いし、老人もいるよ

(作品1227号)

新しい街の始まりだろうか
新しい夢の町になって……二つの道が交差する
旧家は
なかなかわからない
どの道を行けばいいの……
迷い込んだら出られないぞ
心が迷えば……意識が働かない
見知らぬ町で忘れ物したかのようだ
話しかけたくても話せない
キョロキョロと、キョロキョロと目だけが動いて
ブツブツと独り言だよ！　何を言っているのだろう。目と心に違いがあり、動くたびに大きな開きになるんだ。自分に間違いはない……しかし現実が現れない。自分の弱点を他人には覗かせない。独り言との対話な

んだ。つまらぬ自分がそこにいるんだ……

（作品1228号）

僕の棲み家がなくなった
私の棲み家も……
自由に棲めて、自由に生きる世界であった
ほっぽり出された
……想像もしなかった
夏草にとって、最高の環境になった
目を見張るほどの勢いが出ている
大きくなるだけ……大きくなって
周りに気遣いもなく生長していく
この下を棲み家にしよう

皆に呼びかけてみよう……いい棲み家を作るぞ
知らなすぎたのだよ！　自分だけの世界で他を見なかった。いい気に
なって生活をしたものだ。放り出されることなど……考えもしなかった。
生きるとは誰も教えてはくれぬ……自分で自覚した生活をしなければ。
厳しさがなければ忘れることが多いのだ

（作品１２２９号）

目に見えるものには限界がある
自然からの攻撃があり、人災による消滅だってある
永遠ではないのです
台風の襲撃で
目の前の家が……音を立てる
濁流に呑みこまれ……流される

壁が崩れ、屋根が傾き……あっという間だ
わずかな時の出来事……
今……ここで浮き彫りになった
あるものとないものが
家……家いつまで住めるの
流される家よ！　家自体生き物だと考えている。生きる大地に気の休まるところは家なんだ。……環境によって大いなる差がある。外の自然からの攻撃は時を待たずにやってくる……台風あり、地震ありだ。内なる支柱が分からない、その役目どうすればいい

（作品1230号）
雑誌から飛び出したようなままで
街を歩く……若き乙女ら

人の心を惑わし
とどまることを知らない
どこに行くのだろう
このスタイル……あなたなの
創られたスタイルだけど
心の動悸が高ぶって、目が追いかけ
やり場を失くして、空を見上げるんだ
流行という環境で……ウロウロと
傍若無人で……無言で時を過ごし
道徳という、言葉どこへ行った
街を吹く風よ！　ゴミゴミした街に清々しさとはどういうもの。若い乙女の変化は素早く、驚くような姿に変身する。どの容貌が本当で、どれが偽りの姿なの。容貌であなたの心まで見ることはできない。率直な自然の姿……信じる時をどう見ればいいの

（作品1231号）

夏の昼下がり
とぼとぼと……とぼとぼと
手を引っ張って来る……老婦人
旦那さんは……うなだれているよ
長椅子を見つけ……座らせたよ
待っている時のつらいこと
顔見知りとおしゃべりに
夢中になり話題は尽きぬ
……バスの到着だぁ……
無言で……乗っていく
バスに乗ればみな同じ
降りる所に来れば……降りていく
それぞれの目的地で……別れるのさ

目的地があるんだよ！　バスに乗ったら降りていく……それぞれに目的地を持っている。あなたと私の目的地が違うのです。人の生き方もそうだろう……ただ一緒にいたって、中身には違いがある。新しい目的地は自身で生み出さなければ……それが生き方だ

（作品１２３２号）

雨の中で仏さんに会ったよ
あなた……気付いた
一つの道標にいるんだ
そこで選択するのは……あなた
今日しか選択できないの
明日は……どこかへ行っている
明日という日はわからない

今日しか会えない……
よく見てごらん
ハスの花の上に……いなかった
花の上に下りていたんだ
弾ける音だけが残るんだ
何を選ぶかだよ！　どちらかを選択しなければ、前には進めない。生きていくための選択。今、判断したことをすぐに変えることもある。一時も同じ状態で留まることがないのが生活だ。現実の生活を重要視して生きている。各々が誠を尽くして努力しているからだ……

（作品1233号）
風が……止まった
木々が揺れていないんだ

空気が流れない
……動きのない朝の世界
物音がしなくて怖いんだ
だんだんと強さを増す……朝の光
鮮明さを見せつける……白壁に
小鳥の鼓動が騒ぎ出す
緑なす木々も明暗を分け
大きな息を吐き、小さな息になりだした
時間よ……孤独なる朝の風景なんだ
静止した画面だよ！　動くものにだけ感動する。それが生きがいのよう
に映ってくる。動から静……気付かない時に起こっている。静が孤独を
生み、思考する。自然の現実の世界なんだ。何とも交わらない……無言
で、無数の自然の集合体が作り出される

（作品1234号）

悲しいなぁ……悲しいぞ……
どうして友達をいじめるの……
机を並べた仲だろう
どうしたの……あなたたち
おかしいよ……あなたたち
友達だったのに……話もしたろう
仲間はずれにしたの……クラスの仲間よ
……そっぽを、向かれるのがつらいんだ
必死で追いかけることもなく
一人、宙に浮いている
どうして……仲間はずれにしたの
短すぎる命よ！　誰に発信することなく悩み、考え、行動するのが青春の時なんだ。純真な冷めた目で社会を見て、不安な心で生きている。自

殺という答え……どうして。苦労して生きてこそ新しい道が拓ける。なぜ、死を選ぶ……生きる知恵生かせなかったの

（作品1235号）

身体が重たいなぁ……
心が晴れないんだ
どうすれば爽やかになる……
ストレスの発散だ
発想の転換だ
ジョギングで汗を出すことだ
憂鬱な雨が降っています
頭も暗い景色をイメージするんだ
明るく反応する勇気が起きない

どうすればいいの……精神も沈んで浮かばない
一瞬……明るさが灯った
心のスイッチよ！　心のスイッチ……有ると思うか、無いと思うかはそれぞれが判断するしかない。生きていれば常に迷うことばかり、恐ろしさを感じることも多い。塗り重ねた心の中から一つを選ぶ。迷うことなく選ぶ……あなたの心のスイッチ。勇気をもって

（作品1236号）

青い松と白い砂の記憶
おぼろげに甦る……白い砂
この……お寺の庭だなぁ
初夏の早朝
まだ、まだ若き躍動心の頃

何を思って座禅したのだろうか……
静かに座し
一つの心になったのだろうか
わからないままの青春
白い障子の隔たりに問いかけたい
この隔たりはなんだ
年代を流れた汗は流れ去り
松の幹に淀みなく吸収されている
甦るスケッチよ！　人生は長いようで、短いんだ。この寺での体験は僅かだった。心に大きな絵として残った。座禅をする……心の精神の鍛錬だった。若き心に熱き心の注入。生きてる間、一生訓練だ。どんなに役に立ったか計り知れない経験……必要なんだ

（作品1237号）

断崖の上から
海原に向かって何かを叫んでいる
自分をいさめているのか、励ましているのか
聞き取れない……
疲れ果てた様子もなく
見るからにエネルギッシュな男なんだ
どんなバラ色の波を求めていたの
穏やかな波などないぞ……
大波をかき分けて進むしかない
自分のバラ色……どんなバラ色なの
日暮れの空に虹が輝いたの……見た
ただ……一途な目よ！　足元を真剣に見て、冷徹そのものの目なんだ。
どうすれば自分は立ち直ることが出来るんだ。己に己を問いかけている。

死をいとわない……不思議さを感じる目なんだ。退いて、見つめて歩む
姿。己の求心の深さ……どこなんだ

(作品1238号)

ぶつぶつと言いながら
話しかけるでもなく
人にぶつかりそうになり
酔っ払いの千鳥足のような足取りで
繁華街をフラフラと
働き盛りの大人なんだ
お天道様は真上にあるよ
だけど……働くところがないのです
迷っている……大の大人の群れが迷っている

実態を知れば知るほど見通し立たず
いつもやってくる……この季節が悲しい
心の病を生み出すのも……この風なの
……ほったらかしにはできないよ
平和すぎる心よ！　日進月歩でテンポよく技能は進む。今、持っている
技能がひと昔前の技能のような気がする。外にだけ目を向け、内に向か
う心……己に出来るものを自覚し、真剣に打ち込む姿勢がなかったんだ。
自分を省みる努力……勇気がなかったんだ

（作品1239号）

当てもなく生きている
……人として生かされている
いつも……気にも留めないでいる

自分の外だけが気になる
それで心の病を起こすのだろうか
口にする言葉は……
社会が悪い、世間が自分にそうさせている
自分の心の病気を外へ転化し、逃げ込む
真正面から自分と対峙しない……
信じる……自分で自分を信じる
迷っていても……意欲が湧くから
春の曙は……不思議なんだ
責任ある環境であるよ！　働く環境には良いことも、悪いこともあるはずだ。働くのは自分一人ではないよ。多くの人の汗と血の結晶から新しい環境が生まれくるんだ。自分が迷えば、他人だって迷ってくるよ。生きる時は生き、死ぬ時は死ぬ……自然なんだ

（作品１２４０号）

いろんな国のいろんな人が行き交う
東京のど真ん中
すれ違い……共に楽しんでいる
どんどんと話し……屈託がない若者
多くの老人は尻込みし
それを見ているだけ
お上りさんの大人は……
日本の大都会を黙って歩くよ
丸い地球の真ん中で
真昼の午後三時
袖すりあうも何かの縁だろう
都会のど真ん中だよ！　都会のど真ん中に出てごらん、見知らぬ人ばかりだ。地球は狭いというけれど、東京に行ってもわからぬことばかりで

す。人と人のコミュニケーションの難しいこと。日本人同士でもそう思うし、田舎人にとってはそれ以上の出来事なんだ

（作品1241号）

夏がやってきた
僕の時期になってきた
空を見上げても……雨雲ばかりだ
一つ、二つ、三つと降り出した
僕の活躍する時間、いつ来るの
短い一生……なんと一週間なんだ
どうすれば……自分の存在感を出せるかだ
工夫し、生きていくしかない
そうだ……雨の合間に鳴くんだ

一匹で鳴いてもいいのだ
自分自身で生きていけばいいんだ
生きる工夫をするよ！　自然は自然で生き、僕らの短い一生気にもしない。その日その日で自然の生き方に変化があり、誰に合わせることもなく生きる。嘘や偽りがないからだ。ただ一筋に道を求め、工夫して生きる。……それが生きる楽しさなんだ

（作品1242号）

稲穂が黄ばんでいく頃
里の様子も変わりゆく
いろんな装いがあるのです
深まる秋を……誰が仕掛けるの
人ではないのだよ……

自然なんだよ
秋の虫の音であり
ススキのざわめきであり
朝が遅くなり
太陽もだんだんと遠ざかっていく
夜のとばりが早くなり
お月さんの冷酷さが輝いてくる
それに追い討ちをかけてきた……北の風
歩くのが早くなったよ！　ウォーキングする人々の歩く姿も早足だ。健康づくりの知恵なんだ。生きる知恵……消え去るものもあり、永遠に残るものもある。自分で心眼を開かなければ自分のものにはならない。内なる体の中に新しさを求めなければ生まれない

（作品1243号）

心の安らぎ……ありますか
気付いていないでしょう
忙しすぎますから……
静かな時がありますか
独りになるところがありますか
己の心に……話しかけてほしいなぁ
騒々しさの中に
かき消されてしまい……余裕もない
友からの言葉に
自分の無気力を責めても仕方がない
苦しむ心に……安らぎを与えよう
風の中にもあるよ！　風は四六時中吹いて、強さ弱さがあり人は感じないでいる。肌は安らぎ、心には響かない。風以外に求めて、じっと立ち

止まっていれば風からの遥か遠いメッセージが存在するよ。心はどうして風に安らぎを求めないの

（作品1244号）

秋の風景だ……楽しそう
通過する度に変わるよ
母と子と……
先生と生徒と……
保母さんと園児と……
手を振り、合図のシグナルを送る
そう……真新しい電車に
ガタゴトと音を立て
……歩くたびに時々揺れた

狭い通路が懐かしい……
つぶやきながら……おばあちゃんは降りていく
新しい列車に乗ったよ！　乗りやすく、便利で、速くて爽快だ。生きるための欲は取り留めがなく、どこまで進むの。一度慣れたらそれが当たり前。人が持っている尊い心、考える心が大切だ。目先にとらわれず、出来るだけ長い目で見る……

（作品1245号）

青い……青い空
広い、広い……どこまでも
行っても、行っても……奥が深すぎる
透明度が高くて
届くようで……届かない

人が行けない夢の世界
人を寄せ付けない空
どこまで行っても果てしない
雲の誕生
すぐに生まれ、すぐに流れ、すぐに消え去る
太陽だけが輝ける世界
そんなところに極楽浄土はあるのだろうか
目に映るんだよ！　どこで見ても変わることがない……青い空なんだ。空があまりにも青い、だから一切の妄想も起こらないし、心に何も残らない。不思議な青い空なんだ。青い空は……千変万化の青を持っているんだ。太陽だけがキラキラと輝いている

（作品1246号）

雲の上を飛んでみたい
ふわふわした雲の上には……
きらめく太陽
沈まない太陽
隠すことを知らず
すべてを照らし
純心に輝いている
自由に……平等に
何ものにもとらわれない
束縛されない……たった一つの太陽
雲の上が極楽浄土……
千切れて消えていく雲
どんどんと下降し消えていく

千切れる雲よ！　どんどんと雲が千切れ……すごい速さで離れていく。
欲望で膨らんだ浮き雲……一つ生まれ一つ消えていく。雲よ……次から
次へと湧き出てくる雲、生きている。雲は自由自在に淘汰を繰り返す。
……無心で不必要なものは捨てている

（作品1247号）

セミの鳴き声が止んだ
鳴くのを止めた瞬間……
セミの死が訪れ
死は一瞬にやってきた
哀れなセミの死に方だ
静まり返った……公園の木々
セミの群れも鳴くのを止め

自然が……息を止めた
誰にも気づかれないままに
現世を惜しみなどしないかのように
ただ……自然が看取ってくれる
一匹で生きてきたセミのために
惜しみなく生きているよ！　死んでしまえば生きていたことなど、夢の
また夢なんだ。生きる……一瞬先は過去であり、一瞬後は未来になる。
今、自分の信ずる道を探す旅、純真に達成できていますか……。自分の
心に潜んでいるもの……損得なしに生きよう

（作品1248号）

この暑さに耐えられなくなり
多くの老人に発生する

熱中症の始まりなんだ
動かないから、汗も出てこない
身体が気付かないでいる
意識して……水を飲めといわれても
身体が受け付けてくれない
普段と変わらない生活が夏も続くんだ
しかし……熱中症だといわれても
どうすればいい……
……日々の生活には金が要るんだ
厳しくなる暑さよ！　暑さには、自分の体温が自動調節するものだろう。
急激な暑さになって、体温調節が利かない。なぜだろう……環境の変化、
地球の温暖化。自然から、見放された動物もいる。急激な老人増加で予
想のできない社会現象になるよ……

（作品１２４９号）

淋しさをよそおった響きだよ
さぁ……始めよう合唱を
立秋を過ぎても
まだ、まだ夏が終わらない
朝露に冷たさを感じない
長く続くんだ……晩夏が
暦をめくるが
秋の気配は遠い彼方だ
夏草はよく茂り、どんどん生長していく
ねぐらが涼しくて……よく寝れるのさ
昼だって……風がよく通るよ
茂る雑草よ！　雑草の根……取っても取っても尽きない。夏の太陽と夕立の雨で知らず知らずのうちに生長していく。草を刈っても、一時的に

失くしてもダメなんだ。根は生きている。気が付けば茂っているんだ
……力強く生きているんだよなぁ……

（作品1250号）

真上から猛暑がやってくる
白い雲さん、助けてほしいよ
見渡せば……青い空
おーい……入道雲よ
現れてきておくれ
どこにも見えないんだよ
雷様も響く気配がないぞ
……今日はどうするの
変な夏の午後なんだなぁ

したたり落ちてくる汗……止まらない
顔も心も焼きついている
燃え尽きる夏よ！　人々が涼を求めて止まない。のどかな頃の森や林がないのです。不思議な自然空間を生んでしまい、猛暑と闘わなくてはならない時になった。都会の老人が孤独死する……老人たち、この生活を夢見たんだろうか。哀れな長い夏になった

（作品1251号）

朝日を待っているのだよ
「おはよう」と……太陽に挨拶したい
下を見れば
白い雲がどんどんと流れています
私の顔はどう……

泣き出しそうな顔に見えるよ
……そう、寂しいんだ
現実にそうなんだ
遠い隔たりがあるのだけど
あの、大きなエネルギーには勝てない
だんだんと大きな顔が見えてきて．
まばゆくて、私の顔がなくなった
朝の満月よ！　昇ってくる時だけが満月ではないよ、沈む時も満月なんだ。だけど……昇る朝日が大きすぎて、もう満月の役目がないの。朝になれば必ず消えるとわかりきった事実があるのです。一隅を照らす……夜の世界に知らしめる。これが生きがいなんだ

（作品1252号）

私は白い野良猫
生まれて間もない時に
どうして……母親と別れたのだろうか
乳飲み子の状態の私を
助けてくれたのが……今の母
痩せていて、歩くのがやっとだった
寝かせて……寄り添ってくれた
食べられるものを探してくれ
我が子以上の愛情でここまで育ててくれた
薄茶色した……でっぷりした親なんだ
大人になったよ！　生きてる証しとして楽しく遊んでいます。母と連れ添っている時が一番安心できる時です。独り立ちできる、生き方の実地訓練です。野良猫の私たち、人々の隙間で生きているようなもの。だか

ら……自信と勇気がなければダメなんだ

（作品1253号）

私は白い野良猫
朝からの運動だ
見かけたよ……小さな虫を
草をかき分けてのジャンプ……
ジャンプした時には……いなかった
見失った
どこかへ飛んでいったんだ
朝からの遊び相手にしたかったのに
残念だよ
自分の能力を集中させる

今、何があるのかなぁ……
再挑戦しなければ
生きる原動力がなくなってくる
生きることが大切だよ！　一匹で生きる……厳しいなぁ。瞬時に判断し
なければならない。私は経験が浅くて、餌を見つけても、ねぐらだって、
先客がいたりするので己のものなのか迷ってしまう。執着心で悩むんだ
よなぁ……私より卑しいものがいるようだ

（作品１２５４号）

山はいつ爆発するのだろうか……
予想もつかない
だから……不気味なんだ
穏やかな状態から一変

大きな深呼吸をしたよ
それが……噴火なんだ
地下からのマグマを噴き上げ
赤い血の溶岩が燃え
天空高く黒い煙の大柱になり
山が生きている……
自然そのものが生きている
その山と……どう付き合うの
地球のど真ん中だよ！　地球の心臓部を想像するだけで、誰も行ったことがない。摩訶不思議な世界なんだろう……。人の寿命など点ほどの存在だ。暑かろうが、寒かろうが地球は常に同じ接し方だよ。五百年目での深呼吸……どう捉えるのだろうか

（作品1255号）

見上げれば見上げるほど大きい
大きな山門
巨大な支柱が立ち
頑丈な門になっている
図面があるのかなぁ……
どうして造ったの
造ったのは……何のため
勢力維持のため
貧民を雇用するため
将来を見据えて造ったの……
一つの理由があるのだろうなぁ
大きな、大きな山門だよ！　疑問を持つ……いいことなんだ。「どうして」という投げかけが出てくるからなんだ。造った時代の背景が浮かび

上がってくる。人々の暮らし、今と比較してみたら、現代がいいとは限らない。人々の欲の深さ……今も昔も変わらない

（作品1256号）

彼岸の風……ゆったりだなぁ
山あいの風もまだ暑い
水音もなく流れる川……
浅い川底が丸見えだ
蛇行する川に自分を映し
三途の川のあることを思うんだ
心音一つで向こうに渡れるの
向こう岸の風を聞いたことがない
向こう岸はあるのかなぁ……

たたずんだ……
行ったり……来たりする自分がそこにいる
体調を崩す時季よ！　夏から秋への季節の変わり目、体調管理がままならぬ。健康な老人といえどもいつ変化するかわからない……生きている老人の宿命だ。自分に与えてくれる深い力と、尊い力を思う……見つけたい宝なのだ。人知れずやることだ……

（作品１２５７号）

寂しそうな……悲しそうな……
大風で崩れた山の道
狭くなり……やっとで通れる
三叉路の分かれ道
どちらに進めばいい……迷うんだ

決めなければ……
左、右どちらを選ぶかだ
それとも……引き返し
前に進むための決断だ
今度は下り坂
小さな砂利が砂のように散乱
スリップだ……真剣さが芽生えた
三叉路の道だよ！　左、右どちらを選び、一方に進まなければならない。
ゆとりなどなく一瞬の判断、とっさに方向を決める……時間の短いこと。
あらゆる存在と同時に私は生きている。間違えれば、引き返すことも決断。……一つではない

（作品1258号）

東の空は、まだ暗闇だ
何かが見えたような……
赤い粒々がまばらに輝いた気がする
もう……始まった朝の仕事が
遠いところからの始まりだろう
静かに、静かに動きだす
寝静まったままの自然界
山も、空気も、鳥たちも知らないぞ
赤い点滅が速くなり
だんだんと膨らんで……赤い宝石に
赤い宝石も崩壊だ
白々と生まれてくるんだ……朝の光が
静かな朝日だよ！　同じ朝でも日の光が違うんだ。自分ではどうにも出来ない、環境が自然に出来上がっているからなんだ。環境に飛び込む、その一瞬の出来事で私の容貌が決まるんだ。相手が自然を作り、その自然に対応しているだけだ。他力本願かなぁ……

（作品1259号）

露が多くなりすがすがしい
緑の茎がどんどんと生長する
雑草の競い合いの夏だ
地上のもつれ合いが激しいほど
泥の中の絡み合いはもっと激しい
四方八方が根だらけ
この根……どの草の根だった
わからないのだよ

生長するための絡み合い
栄養の分捕り合戦なんだ
どの根よりも先に
横へ横へと、下へ下へと……
複雑極まりないのだ
激しさがあるのだよ！　栄養を蓄えることが生きるための生命線。見えるところでは競争はしない、見えないところで生きるか死ぬかの争奪戦なのだ。周囲とのかかわりは複雑多岐になり、精細な心などないぞ……
空いた土があれば容赦しない。夏の雑草たち……

（作品１２６０号）

日が昇り……耕しに出るんだ
働き続けなければ……

これから先の見通しが立たない
……年老いた農夫なのです
子どもたちも百姓を嫌がり
どの農家にも、後継者ができないのです
なぜだろう……
大地と戯れる姿を見せなかったためだろうか
嫌な仕事……重労働だと決めつけた
実益が出ない……収入が少ないと
外にだけ目をやり……内に向けなかった
それでよかったのか……
長い目の計画がなさ過ぎた
一日の果てしない時間……自由があるのに
夕日は何も言わないよ！　年老いても休む暇はない……もう、腰が折れ
そうなんだ。この土地を耕さなければ食べていけない。我が大地、耕し
た魂……あとはどうなる。生きることって本当に厳しい……生命力がな

ければ何もできない。耕した大地どうなる……

（作品1261号）

小さな、小さな漁港だよ
小さな船が四、五隻泊まってる
人の香りがしない
遠いところからの贈り物の香りだ
運び屋さんはだれだろう……
小さな漁船だろうか
海鳥だろうか
肌を揺るがす十月の風なのだろうか
防波堤に立てば
交差するんだ……海の風と陸の風が

荒れ果てた漁港よ！　入り江の漁港は荒廃し、家らしき姿もなく、台風で荒らされたまま、働く人が見当たらないのです。レジャーを楽しむ船が停泊している。漁業に出る人はだれだろう……里にもそれらしき姿が見られない。……侘しいなぁ……この港

（作品1262号）

幼児の話す言葉に……
輝く瞳に……
空を飛んでいる飛行機を指差し
知らず知らずのうちに
飛んでいく
大地から離れていることも
夢も、現実も、空想も

自分の世界を作り出し
大人の失くした空の世界で遊んでいる
……一日が終わり
起きれば、新しい夢が生まれる
夢中になれる幼児よ！　大人の世界が硬直化……夢のない世界なのだ。子どもらは後戻りしない。幼児の夢の心こそ、大人の心を迷わす心なのだ。死ぬ時は生まれた時と同じ丸裸ではないか……大人には諦め心があるんだ。面白くない夢、捨てられないかなぁ

（作品１２６３号）

毎日毎日、お客さんを楽しませるの
今日は朝から小さなシケ
シケで休むことなどしないぞ

波しぶきを浴び走るのだよ
その……爽快さは自分のもの
……お客様がいれば走りたくなるんだ
お客さん、乗ってくれる
お客様がいてこそ……喜んで仕事するんだ
こんなに有り難いことはないのです
お客様に感謝したい
……小さな小島の遊覧船
小さなシケでも走るよ！　外海と内海の波の怖さが違う。小波など外海にはないんだよ。シケの時は船を出すことが出来ない。晴れていても波は荒れ、海がとんだり、はねたりする。自然に任せるのではなく、見極める、共存することが大切なことなんだ

(作品1264号)

小波の鼓動が岩に体当たり
小さな波も強いなぁ……
果てしない波……
どこまでも、どこまでも生きている
一カ所を集中攻撃する
受け止める岩も真剣だ
長年かけての戦いの跡がこれだ
僅かずつ侵食された
岩の切れ目
次から次へと誕生するんだ
心が痛くなるんだ
岩でいたいんだよ！　一枚岩の凄さ……尖った一本槍だ。岩は絶えず大波小波で侵食され続けている。毎日毎日摺り寄せられて知らぬ間に侵さ

れる。海の柔軟性で地球を覆い尽くすかもしれない。岩は本当に強い
……波の絶え間ない挑戦を正面から受け止めているんだ

（作品1265号）

季節の異変を感じる
猛暑が続いています
夕立に混じってヒョウが降り
地域での気候の差がありすぎる
小春日和なのに……真夏日だよ
晴れる時に晴れず……雨が降り、曇りなんだ
日照不足の日々で夏野菜ができない
雨の時期に……雨よ、降ってくれ
梅雨が来ないんだ

台風だってそうだ
猛烈な雨や風を伴って季節外れにやってくる
変化する季節よ！　地球は冷えているともいう。しかし、温暖化。現実
を現実として受け止め、自然と人は一対になれない。地球を変える……
人間が一丸となれば出来るはずだ。空想かもしれない……今日の天気も
自由に人間が変えてみたいものだ

（作品1266号）

秋も半ばになってきた
公園の……ドングリの木
自分のことは自分で
静かに、静かに冬支度
養分を蓄えたのだろうか

枯れ葉が一枚……また一枚と
身にまとった衣をそぎ落としていく
まだまだ枯れ木になるのは道半ば
太陽は真上だけど……
周囲のことは気にもせず
木枯らしがいつやってくるか……わからない
知らぬ間に丸裸だよ！　季節は人の考えと裏腹なことをすることだってある。雨が多いと予想しても雨が降らず、寒い期間が続くといっても暖かすぎた期間になったり。データだけでは役に立たないんだ。現実を見る……自然の動向を観察する。生きるために……

（作品１２６７号）

落ち葉の中は棲みよいところだ

こぜこぜした足音もなく
高ぶる心もなく
安らかな心地良さがあるのです
ふんわりとした湿り気がいい
腐りゆく匂いが好きなんだ
何といっても……栄養が豊富なこと
それに……今の時期が一番いい
それも……すぐに終わりを告げる
一番驚異的な出来事がやってくる
それは……枯れ葉を燃やされる時なんだ
気付かなければ、焼き焦げになるんだ
丸裸のムカデ君よ！　生き物は生きるために棲み家を転々と変え、他がどう見ようが自分だけの世界を作る。考え方、行動が大切なんだ。生き方が違うんだ。人もそうだろう……アフリカの人は裸で生活しているんだ。アフリカ人の目でこの国を見てごらん……

(作品1268号)

風がなく
白い煙がよく見える
真上に一直線に伸びている
無風状態だ
よく燃えるためには……風がほしいなぁ
赤い炎で……勢いよく
燃えている実感があるんだ
ほどよい枯れ草がいいよ
草の命が尽きる前が燃えるぞ
腐ってしまえば燃えないよ
白い灰にして返そう
真上に伸びる煙よ！　煙が揺らぎもせず真っすぐに上へ、上へ伸びる
……柔軟性のない、剛直な人になるだろうなぁ。無風状態ではダメなん

だ。強風にあおられたらどう燃えるだろう。今、どう向き合うかだ……
経験と知識が要るのかなぁ。常にゼロでなければ

（作品1269号）

千枚田が実ります
小さな粒が……戯れた穂になった
穂を束ねて……刈り取っていく
今も昔と変わらぬ手作業だ
一転させたのが……農業機械
人の手から……機械へ
田植え機が苗を植え
コンバインが刈り取り作業
「あっ」……という間に終了する

家族の団欒……どこへ行った
見守るのは……老人ただ一人
和む姿がないよ！　この千枚田も人の手で耕されてこそ黄金の価値が生
まれる。泥と戯れる……稲を育てる心を忘れてしまった。楽をして得を
する……考えが地に着かない農家になった。笑い声もなく、家族の連帯
もない集団に変わった。稲の心を手放したのだ

（作品1270号）

雨にあい、風で飛ばされ
長い、長い……飛行距離
やっとでこの地だよ
舞い降りてくる鳥の群れ
ここで一休み

干潟は豊富だなぁ……
好物の餌も多い
母さん恋しい……あとを追い
初めての食感だ
くちばしがほころび、動き出す
生まれた土地にない餌なんだ
夢をかなえる餌なんだ
初めての体験だよ！　生まれた所がこんな干潟ならばいいが……冬将軍の到来、雪の原野になる。先祖はどれだけ地の果てから往復をしたのだろうか。初飛行して分かったんだ。ゆったりとした時間を費やして、進化を遂げる。飛ぶたびに……やり直しなんだ

（作品1271号）

見上げてごらんよ
青い空に……摺り寄っていくススキの穂
雲のごとくなびいて
素晴らしい山里の景色になり
風を呼んでいる
この風、どこで生まれてきたの
ほほを打つ風を呼んでいる
……手でほほを押さえ
涙が出ているのだ
ススキも大波小波で泣いている
愛する……小春日和なんだ
風の神がいるよ！　突然に吹きだした風、昨日は微風で、今、吹く風は
北風。急激な変化だ。風の神さんは透明な心で、自分を失うことなく自

分を生かしている。谷間から吹く風は音を立てて激しい……それって隙間風。風の神さんが怒鳴っている……

（作品1272号）

自由な風……風が吹いている
弱い風あり、強い風あり
気にも留めない風なんだ
突風になり
時々……止むのだよ
また……吹き出した
激しいのかなぁ……
小さな砂塵が渦を巻く……つむじ風だ
広い校庭に小さな渦が走りだす

……三度と四度も
遊んでいるのだよ、自由に
風の変化が、また……起きた
小さなつむじ風よ！　つむじ風が大きくなったら……竜巻になるの。風の変化でどこにでも発生するんだ。街の中でも、広い野原でも起きてくる。自分に向かってくる時もあり身が震える。風もいろんな風に変化するんだ……滅んでも新しい風になるんだ

（作品1273号）

……鐘の音が鳴り出した
幼い兄弟は……
まだまだ……砂いじりの真っ最中
帰る気配など毛頭ないぞ

弟の砂山を
兄が蹴飛ばした
弟も……泣きながら
兄の砂山を踏みにじり
急いで逃げ惑う
仲のいい兄弟だけど
小さな個性を見せ付ける
負けじ魂が砂山にあるんだ……気付いた
公園の砂山よ！　子どもの手で、砂をかき集めて作る……砂山。大きくはできないが小さな山の連続だ。自分の山に執着心があり、誰にも壊されたくない。未完成の山であっても自分の山なんだ。幼心にも……絶対に動かせない事実であり、それを見据えている

（作品1274号）

男の子に交じっている……女の子
一つのボールをよけたよ
次のボールも、またよけた
上手いんだ……
二つのボールが飛び交う……ボール遊び
鋭い感覚に、素早い身のこなし
相手も……一生懸命だ
力一杯で投げたよ……
枠をはずして大慌て
馴染んだボールではないのです
ボールの心よ！　ころころと転がった……ボールの心も転がった。他人のを蹴りやり、自分の慣れたボールで遊ぶ、わがままな子どもたち。贅沢すぎる子どもにボールの心がわかるのだろうか。まぁるい心で遊ぶ

……そのままに磨き出せればいいものです

（作品1275号）

山の中に突如と現れた
一瞬疑った……自分の目
どうして……こんなところにススキなの
わからないけど……揺れている
見慣れたススキの色ではないぞ
少しだけ赤味をおびています
今から大人になるの
それとも……老人になるの
生きるものは生きるにまかせ
奥深い山の懐で不思議さだけがある

風に揺れているススキなんだ
このススキをどう思うのよ！　奥深い木立の中で、ぽっかりと空いた大地にススキの群れだ。あるがままの自然を作り、あるがままに生きている。どこから飛んできたの……風に運ばれ、ケモノと一緒に、人が植えたの。無言のままで秋の日差しを受けている

（作品1276号）

山の中の道は……
不安だらけで先細り
途切れることを知らない細い道
頼りは……地図と太陽だ
西に傾いた太陽を見上げ
まだ、まだいいぞ

だらだらの上り坂
我が心にだけ動揺がはしり
迷っても仕方がないぞ……
ここまで来たのだから
ひたすら前へ進むしかないんだ
やっとで峠を越えて下るんだ
細い道が続くよ！　道はどこまでも続いている。終わりがなく……どこまでも、どこまでも続いている。離合するのも容易ではない、山深い道。舗装されていて迷うことはない。人と会わない……自分で自分が哀れになった。焦れば焦るほどわからなくなるんだ

（作品１２７７号）

呼びかけはしないよ……

私たちを愛し……話しかけに
人々がやってくるのです
この世界でしか生きることができない……私たち
夏だけに……心が弾けだし
全てが一斉に歌いだし
見渡す限りの……岩と崖の間で
空は澄みわたり……どこまでも、どこまでも青い
愛する花が魅了する
あっという間の時なんだ
この花園に来るのはいつだろうか……
今を生きることだよ！　夏にだけしか人は来てくれないと、自分の意志
でここに咲く花よ、嘆くな。見る時期も、咲く場所も限られている。会
いたい人だけ一年待ってくれる。それでいいんだろう……山の花園に愛
ができるんだ。生きていながら、空の心の真ん中なんだ

（作品1278号）

空から降ってくる……雨……あめ
どんなに小さくても
どんなに激しいどしゃ降りでも
神の雨であり、恵みの雨なんだ
雨として生まれ
雨として行動する
小さな粒で情緒を誘い
大きな粒で心をえぐる
ほら……聞いてごらん
庭を打つ雨……感覚が変わるんだ
雨として生まれたよ！　雨も自然の変化で様変わりしてきた。穏やかな、静かな雨音がなくなった。雨がほしい時に降らない、降りそうで降らない。激しい雨音で行動し、すぐに消えてしまう……今どきの雨。雨も現

代風に降ってくるんだ

（作品1279号）

雨の音が途切れてきたよ……
強いだけが雨音ではないぞ
時々弱くなるんだ
知らないうちに降っていることだってあるさ
そう……雨の音は同じではないだろう
雨の雲を知っている
見上げてもわからないだろう
激しい雨の雲ってどんな色
黒い雲に決まっているの
灰色の雲からの雨はどんな雨

白い雲から降る雨もあるだろう
想像することがありますか……
雨音に違いがあるのよ！　生まれたところも同じ、落ちるスピードも同じ、落ちた場所に違いがあるの。木の葉の上、屋根の上、草の上……そう、音を響かすの。屋根の上は叩かれ、木の葉の上は痛い、だけど草の上は柔らかい……泣き叫ぶ音が雨音なんだ

（作品1280号）

何もしないのに心臓が高まる
ドクドク……ドクドクと音がする
心臓の音はこんなもの
身体の変調がどこかにあるんだ
どうしてと……心が揺れるの

今までに考えたこともない
季節の変わり目なのだろうか
老人性異変だろうか
病が目を覚ましたのかもしれない
気付くことは良いことだと……
もう……元気がないよ！　生きていれば体に必ずやってくる異変。どんなに元気であってもやってくる。元気だと自惚れてはならぬ。体の機能は目に見えぬが衰えてくる。元気という生き物も自然と知らぬ間に沼地にはまるのだ。忘れてはならぬ……一つの覚悟

（作品1281号）
落葉樹の宿命だろうか
どの葉も冬を待たずに落下する

黄色のままだったり
赤色に染まり……
少しずつ枯れて、とうとう茶褐色に
茶褐色で落ちたよ
私の自由は……どこから
春から秋までだろう
芽生えて枯れ葉で落ちるまで
最高の自由が……紅葉で変わる時だ
一番美しい時に……死を迎える
最後まで残ったよ！　太陽を十分に吸った木の葉……もう、先が見えてきた。颪の冷たさで根元が揺らぐの。それに、栄養の補給路が悪い気がする。色とりどりに輝くのは……苦も無く、楽しかった証しなんだ。
……皆、自由にいい顔で笑っている

（作品1282号）

この時間になったら現れる
夕暮れだと知って
畑の道に降りてくる
仲のいい二羽の野のハト
どこで遊んできたのだろうか
飛び去ろうとはせず
立ち止まることもなく
見え隠れするほどの距離で
後から追いかけてくる
あなたたちの棲み家は……と問うても
トコトコ、トコトコとついてくる
時が過ぎるよ！　生きるということは時が過ぎることなんだ。進んだ時を悔やんでも帰ってはこない。引き返すこともできない。楽しいことも苦しいことも一度だって同じ楽しさ苦しさではない……不思議だろう。
全てをひっくるめて時が過ぎていく

(作品1283号)

はしゃぎだした園児たち
手も足も……顔まで泥だらけ
大声上げて無我夢中
芋を両手で抱えている
これは……僕の芋、あなたのは……「はい」これ
一つずつ……あげている
バスが来たと大声だ
素足で大地をしっかりと踏みつけた
足の裏の感触柔らかい

自然との融和なんだ
遊び疲れた園児よ！　子どもたちの感触と大人の感触には大いなる隔たりがある。大人の感触で物事を考えないでほしい。子どもたちは心から純真な感覚で対応している。今……泥と戯れる……今しかないのだと行動している。素足の感触大切なんだ

（作品１２８４号）

掘り起こされる度に考える
私の宿命は何だろう
自問自答しているよ
行く末がわからない
美しすぎる花になり……蝶と戯れ
有頂天になるよ

生まれくる球根たち、これが宿命
新しい球根が膨らんだ
大きく育ってこそ……当たり前
明日を咲かせる花になるんだ
青春はと聞かれても……わからないんだ
育ってくる球根よ！　私の宿命は日の目を見ることなく、黙々と、母なる大地で養分を蓄え球根を増やすことなんだ。花を咲かせて満足することではない。子孫を永遠に残すこれが生きがいなんだ。私には裏と表の二つの顔があり……大いに活躍しているぞ

（作品1285号）

そそり立つ……一枚の岩
花崗岩のようだ

見上げれば……見上げるほど
垂直な岩になり、登れるだろうか
……無言の対話が続くのだ
岩が不思議と挑発する
岩の合間を手で触ってごらん
あなた一人が立てるところがあるだろう
あなたが征服する姿を見たい
どのような手がかりで攻撃を仕掛けるか興味がある
無言の圧力があるよ！　自然からの挑戦……至る所にあるんだ。我々は見過ごしてしまっている。自分と対等にいる、自然は何も言ってはくれない。自分で疑問に思うことなんだ。望めば望むほど、やりがいを生んでくれる。無言に耐える……深く掘り下げていこう

（作品1286号）

静かに……そして音もなく
雨の攻撃が始まった
それも初冬になって
まだ……秋半ばの暖かさ
温かな雨なんだ
冷たさなど感じさせない
本当の雨ではない……雨
にせものの雨なんだ
雨も自分ではない自分を見せ付ける
自然の変化
どこまで続くのだろうか
しかし……耐えなければ被害になるぞ
激しい雨が降るよ！　天にはどれだけの雨があるのだろうか……一日中、

暗い雨。灰色の心した雲から降る雨は……黒雲が来たら激しい雨となり、白い雲に乗ってくれば小さな雨になってくる。季節はずれの雨……どんな性格の雨なんだ

（作品1287号）

見たことも……行ったこともない
あの世と……この世
本当にあるの……嘘だろう……
あやふやで考えたこともない
同じものを見ても
同じものを食べても
正反対の自分がいる
二人の自分になり……相対立して自分が現れる

隔てるものは何だろう……
心の鏡を使って……行き来をするんだろうか
夢のまた夢になって、不思議に現れるんだ
心の霧よ！　考えようとはしない……あの世とこの世。死んでしまえば、
欲すると否とにかかわらず現実の社会からいなくなる。体験も出来ない、
あの世へ行ってしまうんだ。求めるのは愚かなことだろうか。口にしな
い、話もしないもっと愚かな者かもしれない

（作品1288号）

人が宇宙から生還するなんて
果てしない夢であり、遠い世界なんだ
生きている……本当に不思議さがある
生と死……

死を迎えるために……生を思い
生きるために……死を思う
どちらに重きを置くのだろうか
息を吐きそして吸う……
吐く息を考えれば……生き
吸う息を考えれば……死す
生と死……死と生の交換
死から帰還した生き物はいないぞ
再生できないよ！　死は一個の固体であり、生も一個の固体。どちらも
再生できない、不思議だろう。生きているものは、時刻も一秒ごとに過
去で、一秒ごとに未来になる。再生できない過去も未来も。生きるもの
生身が大切……ありのままの己の形成が必要だ

（作品1289号）

都会の夕暮れが始まった……
今……何時
時を刻む音だけが進み
不思議な街を演出するのだ
真昼だってそうだよ……
高層ビルが立ち並んでいるから
太陽の輝きが通らなく薄らぐよ
ビルの明かりが
四六時中……容赦なく降りそそぐ
暗くなれば一段と輝き
夜も昼もないのが……都会だ
都会の灯りよ！　田舎人には都会の灯りが自然と調和しない。都会の灯りは様々な光景を演出する。人々の葛藤があり、癒やしの灯りがない。

働く者の精神からの苦悩が解放されない。都会の灯り……未来の灯りはどこ。己の灯りを求めることができるの……

（作品１２９０号）

初冬……そして冬がやってくる
緑なす樹海も
枯れ木になった落葉樹に
カラマツが生んだ密集地帯……
行けども……行けども
踏みしだかれた道
カラマツの奥に何があるの
人を入れぬ自然の塊
雲の隠していた雄大な山

自然とのめぐり合いどこにあるの
……どんどんと絡まり、もつれ行く
生きる姿をまざまざと見せつけている
自然の団結よ！　自然の風景はいつ見ても、その為すことがありのまま
の姿でいるのです。春夏秋冬……競い合い、泣き叫び、愛し合い、悲し
みはどこかに現れる。その姿を隠そうとはしない自然。本物の自分の姿
に返らなければならない。冬……厳しい試練がある

（作品1291号）

山の湖にやってきた
厚い雲に覆われ
見えるはずのものが見えない
不思議でも何でもないんだ

これが現実……自然がくれた現実
山の峰々が逆さまに映り
人々を惹き付け、神秘的にする……美しさ
想像したいけれど……
現実に見たことがない
悔やんでも仕方がない
山の自然……楽しみにしておこう
夏、駆け足で過ぎたよ！　僕には試練なんです。外の世界を感じるのは
初めてなんです。今年生まれたばかりだから、大きな試練が次から次へ
とやってくる。湖の主になる……厳しすぎるんだ。主は動きもせず、誠
実に生きる。……静かに潜むんだ

（作品1292号）

膨大なエネルギーが水にはあるんだ
知らず知らずに岩を削る
急激な水でなくても
ゆるやかで、柔らかそうな水でも
自由に任せ……いつ削ったの
大きな岩さえわからない
絶え間ない……水の努力
水は流れてどこにいったの……
語り継ぐにも語られない
わずかな水は途切れることなく流れていく
水で洗われる岩よ！　苔も付いていない、丸みを帯びた岩になっている。足を踏み入れれば入れるほど水の音に石の感触がある。この感触どうして生まれたの……不思議に思わない。急激な水の流れよりも、少ない水

量で絶え間ない流れが岩を進化させているのだ

(作品1293号)

鈴なりになっている……
見れば見るほど……小さい
どうしてこんなに小さい顔になったのだろう
と……考えたよ
実をつければつけるほど……私でなくなった
こうした状態の連続なんだ
どうしたら……私が取り戻せる
私が……私を嘆いても始まらない
隣の柿も渋い顔なんだ
どこかで役に立ててくれないだろうか

味はどんな味よ！　私も食べたことがなく甘みも渋みも知らない。ただ
実をつけるだけなのです。観賞用のものかもしれない……時々そう思う。
鈴なりの実を生かしたままを見せたいんだ。ほったらかしにされたら私
だって怒り狂うよ……生け贄な生き方なんだ

（作品1294号）

春夏秋冬を走る蒸気機関車
春と秋が楽しい……
僕の疲れた表情を見に来るんだ
小さな橋あり、狭いカーブあり
汽笛と共に……
美味しい空気を吸い込んで
吸えば吸うほどに黒い煙を吐いていく

どんどんと……険しくなった山の道
もう少しで停車場だ……踏ん張るぞ
僕の存在……威勢よく汽笛を響かす
観光列車なんだよ！　乗る人も限られてきた、地域の列車。一時的な賑わいは姿を消し、侘しい時が多いんだ。夢は二度来ない、決断が必要な気がする。的を絞ったほうがいい……欲を出さなければ、いい知恵があるだろう。子どもたちも少なくなっている時代だ

（作品1295号）

稲田で手を振っている子どもたち
黄色の帽子が重なって
実った稲穂と二重奏
子どもは宝だ

黄金の宝だ
無人の駅で迎えている
小さな黄色の子どもたち
一列に並んだ……かわいくていじらしい
真剣な眼差しが
心の隙間をえぐるんだ
人がいない駅だよ！　この駅も無人となって久しいのです。乗り降りするのは顔なじみだけなんだ。遊びに来る幼稚園児にいつも元気をいただくよ。駅を楽しませ、地域の太陽になっている。この手すりもしっかりと握り、撫でてくれてありがとう……感謝なんだ

（作品１２９６号）

この列車天井が低いなぁ……

それに座席も少ないぞ
トロッコ列車なのです
急斜面を少しずつ上り
大きな急カーブの横に岩があり……大きく揺れた
真正面の岩に突入……そこはトンネルだ
トンネルを過ぎれば……川底が見える
神秘的な流れに……目を奪われて
渓谷に悲鳴がこだまする
狭い……狭い……列車道
今日も楽しいよ！　秋真っ盛り、山は紅葉客でごった返し。どこから来たのだろうか……老若男女の群れに、驚いてしまう。今日という日は帰ってはこない。心の底から山の景色を満喫してほしい。身の終わりの後にまで生きて、それぞれの華を咲かせているのです

（作品1297号）

旅の雨って嫌だなぁ……
心が嘆いている
顔を見ればわかるのだ
明るさがなく……眠たそう
あくびをし、むっつりだ……本心はどうなんだ
手を振るあなた
仕方がないでしょう
心には……秘めた言葉があるのに
大勢を一度に見送る……それが商売よ
旅ってそんなものではないの……
雨の中でバスは走り出した
手を振る、別れよ！　本当の別れは心が張り裂けそうな心境でしょう。
手を振る別れはその時だけなんだ。旅の出会い、別れ……偽りの別れな

んだ。別れを惜しむ友が少ない。無言の間に織りなす別れ……心と心。
別れは身の苦しみ……その目が捨てきれないの

（作品１２９８号）

鳥って……どんな肺をしているのだろう
上空高く飛んで
一瞬にして大地に下りる
それも……一回で終える
急な変化をどうしてできるの
見てごらん
大空を優雅に飛んでいる
ツルの群れを
地球を南から北へ縦断するんだ

人の……何倍の気魄があり
人の……何倍の勇気がいる
何もなかったような姿でいるんだ
静かな鳥の群れよ！　いつ飛んできたのだろうか。多くの鳥の群れが休んでいる。どうして仲間がわかる。リーダーが動けば、仲間も動き、慌ただしく飛んでいく。それが……仲間同士の意思疎通、情報交換。鳥だけの心が存在し、強い絆の連帯感。穏やかなんだ

（作品１２９９号）
後ろからの足音
速いんだ……とても速いんだ
追い越して……もう、見えないほどだ
時間がなく急いでいたのだろう

……と気遣っている
僕を追い越しもしない
その足音……気付かないまま付いてくる
玄関を入って来たよ
居間で静かな音になったよ
無言なんで知らないんだ
僕の足音で心が揺れる
聞いたことがないんだ……そんな足音
不思議な足音よ！　自分の足音を考えたことがあるだろうか。自分と一心同体なんで考えはしない。自分の持ち物に無知なのかもしれない。他人から注意されて初めて気付く。捨てることもできないし、切り離すこともできないんだ。足音というのは不思議だなぁ……

（作品１３００号）

這いつくばって……這いつくばって
地面と向き合う
それも農作業
小さな苗選び
どの苗が……本物の苗になるの
生長し、喜ばせるの
苗の発育は……これからだよ
一つでも手を抜けば
止めどもなく……苗同士のぶつかりあいに
這いつくばって……這いつくばって
選んでいくのだ
どうして選ぶのよ！　一つを選んで他を捨てる……苗、選びなんだ。え
り好みはできない。捨てられる……おのずから自分の生きた道が閉ざさ

れる。育てるための取捨選択が必要なんだ。小さな苗でさえも自分の生き方が決まるんだ。一本立ち……試される時だ

あとがき

まあるい雲を見たことがある
見たことがないいさ
いろんな形を作って浮かんでいるよ
雲は何でできている……
海で蒸発をした海水なんだろう
夏は暑くてどんどん蒸発し水蒸気になり雲になるだろう
冬はどう……どうして気化するの……
寒い北風の中で蒸発するんだ
天空高く舞い上がり
……雲になって流れていくんだ
雲も寒くてしかたないだろう
高い山に衝突して……初めて雪に変わるんだ

雪は丸くはないよ……六角形だ
不思議に思わない
雪が解けたら……丸い水滴になって流れ出す
水って本当に丸いのかなぁ……
丸いものって面白いものだ

本書の出版にあたり惜しみない援助を与えてくれた東京図書出版の本田利香さん、諏訪編集室の皆さんに心から感謝いたします。

金田　一美（かねだ　かずみ）

1947（昭和22）年　熊本県生まれ
1965年　熊本工業高校卒業
1968年　郵便局入社
2005年　郵便局退社
安岡正篤先生の本を愛読し、傾注する

著書
『若者への素描』（全４集/東京図書出版）
『四季からの素描』（全５集/東京図書出版）
『いにしえからの素描　第１集』（東京図書出版）
『いにしえからの素描　第２集』（東京図書出版）

いにしえからの素描

第３集

2017年３月１日　初版発行

著　者　金 田 一 美
発行者　中 田 典 昭
発行所　東京図書出版
発売元　株式会社 リフレ出版
〒113-0021　東京都文京区本駒込 3-10-4
電話 (03)3823-9171　FAX 0120-41-8080
印　刷　株式会社 ブレイン

ISBN978-4-86641-037-1 C0292
Printed in Japan 2017

ご意見、ご感想をお寄せ下さい。

［宛先］〒113-0021　東京都文京区本駒込 3-10-4
東京図書出版